Rüdiger Schneider

Tango Português

Novelle

AF284618

Bibliografische Information der Deutschen Nationalbibliothek: Die Deutsche Nationalbibliothek verzeichnet diese Publikation in der Deutschen Nationalbibliografie; detaillierte bibliografische Daten sind im Internet über http://dnb.d-nb.de abrufbar.

ISBN: 9783753479521

Herstellung und Verlag: BoD - Books on Demand , Norderstedt

Tango Português

Handlung und Personen sind frei erfunden, etwaige Ähnlichkeiten rein zufällig.

1

Mit Arnold Waidhammer hatte ich vor nunmehr dreißig Jahren in Bonn eine kleine Schriftenreihe gegründet: ‚Philosophie und Leben'. Wir brachten Band 1 heraus und dabei ist es auch geblieben. Denn Arnold sagte nur ein paar Monate später: „Max, du kannst mich mal!" Damit meinte er nicht nur mich, der ich versuchte, der Schriftenreihe eine wissenschaftliche Seriosität zu geben, sondern insbesondere auch die deutsche Mentalität, die er als ‚viereckig' bezeichnete. Sein Vorbild waren die Indianer, die er wegen ihrer Naturverbundenheit mehr und mehr lobte, während er das zunehmende Abgleiten in die Virtualität scharf kritisierte. Er verkaufte bis auf seinen alten VW-Käfer alles, was er hatte, und machte sich auf den Weg nach Spanien und Portugal. Und da ist er bis heute geblieben. Er hat ein kleines Grundstück in Nähe des spanischen Sanlúcar de Guadiana erworben, eine Hütte gebaut und lebt dort mit einer portugiesischen Zigeunerin zusammmen. Als ordentlicher Mensch hat er der Hütte eine Nummer gegeben, damit er wenigstens Post empfangen konnte. Ein Handy oder Smartphone lehnte er ab. Über Briefe, was mir zunächst altmodisch vorkam, standen wir in Verbindung. Die einzige technische Errungenschaft, die er neben seinem Käfer beibehielt, war ein alter Fotoapparat, analog natürlich. So kam ich hin und wieder in den Genuss von Fotos aus seinem Leben.

Ich wunderte mich über die winzige Behausung. „Dort lebt ihr zu Zweit?" schrieb ich erstaunt.

„Aber ja doch!" antwortete er. „Wenn man sich liebt, ist Platz in der kleinsten Hütte."

„Und wovon lebt ihr?" wollte ich wissen.

„Saira fertigt Schmuck. Armbänder, Ohrringe, Hals- und Fußketten. Ich widme mich dem Malen kleiner Idyllen. Mit unseren Kunstwerken fahren wir von Sanlúcar runter an den Atlantik ins spanische Ayamonte oder auch an die Algarve. Sanlúcar und Ayamonte liegen direkt am Guadiana, dem Grenzfluss zwischen Portugal und Spanien."

Einmal schickte er auch vor einem Jahr ein Foto von Saira, seiner portugiesischen

Zigeunerin. Es zeigt sie, wie sie in Ayamonte einem Touristen ein Armband anlegt.

„Ui!" meinte ich in meinem Brief. „Die ist aber erheblich jünger als du!"

„Na und!" schrieb er lakonisch zurück. „Was machen schon dreißig Jahre! Wir unterhalten uns prächtig."

Ja, und dann, im März 2021, war es so weit. Ich hatte mehr und mehr, salopp gesagt, die Schnauze voll von dem zunehmenden digitalen Zwang und der Corona-Geschichte und hatte das Bedürfnis, mit Arnold zu reden. Ich absolvierte, nicht ohne kurz vor einem Brechreiz zu stehen, den obligatorischen Covid-Test, schaffte es auch zwei Tage später nach stundenlangem Bemühen auf meinem Smartphone den QR-Code einzuscannen, um das Ergebnis abzurufen, schaffte auch die Online-Anmeldung für den Flug nach Spanien und bekam mit ,Iberia' trotz aller Reisebehinderungen einen Flug von Frankfurt nach Sevilla. Man muss wissen, dass man zu dieser Zeit in Deutschland nahezu eingesperrt war. Touristisches Reisen war untersagt. Aber Arnold, der in Ayamonte so seine Beziehungen hatte, hatte mir von einem

Immobilienmakler ein Formular über den Kauf einer Finca besorgt, so dass ich beim Check-In am Frankfurter Flughafen sagen konnte:

„Ich bin kein Tourist. Ich will auswandern und in Spanien eine Finca kaufen. Ich komme höchstens noch einmal zurück, um alles aufzulösen."

„Na gut, Sie sind also geschäftlich unterwegs. Gate 24 B. Boarding ist um 11.20 Uhr."

Die junge Dame am Schalter schob mir Pass und Bordkarte zu, blickte noch einmal auf und bemerkte:

„Mein Gott, Herr Winter, da sind Sie schon 74 und wollen noch einmal Ihr Leben ändern!?"

„Soll ich hier in einer Psychiatrie versauern?" entgegnete ich. „Außerdem ist das Klima in Spanien und Portugal angenehmer. Ich meine nicht nur das Wetter."

Das war im April, am Gründonnerstag. Tatsächlich hatte ich nur ein Ticket für den Hinflug nach Sevilla. Dort beschaffte ich mir einen Leihwagen und fuhr nach Sanlúcar de Guadiana. Vielleicht bleibe ich wirklich da. Zumindest aber will ich Arnold überreden Band 2 unserer Reihe

‚Philosophie und Leben' endlich
herauszugeben.

2

Ich will den Tag beschreiben, der mich
trotz der Aussichtslosigkeit zu verreisen
veranlasste, Arnold zu besuchen. Es war
Samstag, der 6. März. Mein Kühlschrank
war leer. Das betraf Getränke wie auch
andere Lebensmittel. Ich gehe ungern
einkaufen. Wegen der Masken, die man
tragen muss, wegen der vorwurfsvollen
Blicke, wenn man einmal den Abstand zu
anderen Kunden nicht genau einhält und
überhaupt wegen der ganzen Stimmung,
die man nicht anders als eine kollektive
Angststörung bezeichnen kann. Nicht nur
das Land war im Lockdown, sondern auch
Seele, Herz, Gemüt der Bürger. Tag für
Tag glitt man etwas mehr in die
Depression. Freunde und Verwandte
besuchten sich nicht mehr, man wurde
täglich, nein stündlich mit Zahlen des RKI,
mit Bildern von Intensivstationen und
Massengräbern bombardiert, der Tod
lauerte in Gestalt eines unsichtbaren Virus
und seiner Mutanten an jeder Ecke.

Samstag, der 6. März, war auch der Tag, an dem man zum ersten Mal beim Discounter für 25 Euro ein Päckchen mit Selbsttests kaufen konnte. Ich hatte nicht vor, solch ein Päckchen zu erwerben und mich an den Testorgien zu beteiligen. Die 25 Euro gebe ich lieber für einen guten Wein aus.

Ich fuhr also gegen Mittag zum Aldi, erledigte rasch meinen Einkauf, sah an der Kasse das Schild: ‚Selbsttests ausverkauft‘. „Aha, dachte ich, deshalb ist es an einem Samstag hier so ungewöhnlich leer. Die Leute waren alle schon am frühen Morgen hier, um ein Päckchen mit den Tests zu ergattern.“

Irgendwie musste der deutsche Bürger neben seiner Neigung zu bedingungslosem Gehorsam auch eine masochistische Ader haben. Wer hat schon Freude daran, sich täglich tief in Rachen und Nase zu bohren und einen Würgereiz zu provozieren? Da entkorke ich lieber eine Flasche Wein.

Nun gut, der Einkauf beim Aldi war erledigt. Jetzt ging es zu einem Tabak- und Zeitungsladen. Bei einer bekannten Boulevardzeitung sah ich die Schlagzeile: ‚Amis impfen jetzt schon Affen!‘ Und bei einem anderen Blatt sah mir entgegen: ‚Brasilianische Variante des Virus ist gefährlicher, ansteckender und unempfindlicher gegen Antikörper!' Ein Foto von Friedhofskreuzen aus dem brasilianischen Manaus war zugeschaltet.

Das mit den Affen interessierte mich. Ich kaufte mir das Boulevardblatt, schlug es neugierig schon im Laden auf und stieß sogleich auf eine doppelseitige Anzeige von Lidl für Selbsttests. ‚Wir versorgen Deutschland. Reduziere das Risiko… bevor du Oma und Opa besuchst, bevor du zur Arbeit gehst, bevor du einen Freund triffst. In Kürze auch in deiner Filiale erhältlich. Schnelles Ergebnis in 15-20 Minuten.'

Wenn einem das an einem Samstag widerfährt, ist das nicht erheiternd. „Du musst jetzt etwas Schönes erleben", dachte ich, „dich von all diesen miesen Eindrücken befreien."

Mit einem Breisiger Freund spielte ich ab und zu Schach. Ach ja, ich vergaß zu sagen, dass ich in Bad Breisig – das liegt am Rhein so ungefähr in der Mitte zwischen Bonn und Koblenz - alleine ohne Frau lebe. Irgendwie waren mir die Damen, was an mir liegen muss, immer abhanden gekommen. Und so fand ich einen leidlichen Ersatz in der Dame auf dem Schachbrett. Da konnte man sie nach logischen Regeln bewegen. Verlor man sie, war man wirklich selber schuld oder der Gegner war einfach besser.

Ich fuhr am Nachmittag also nach Oberbreisig, klingelte bei dem Freund. Vorher anzurufen ersparte ich mir. Wegen des Lockdown waren alle ja sowieso zu Hause. Ich klingelte, wartete auf den Türsummer. Aber da erschien er oben auf dem Balkon, rief mir zu:

„Pass auf, da kommt jetzt ein Körbchen!"

Und tatsächlich schwebte mir an einem Seil ein Körbchen entgegen. „Was soll ich damit?" fragte ich.

„Da ist ein Selbsttest drin. Den machst du bitte. Ist der negativ, kannst du reinkommen."

„Soll ich jetzt eine Viertelstunde bis zum Ergebnis hier warten?" rief ich erstaunt. „Es ist kalt."

„Geht nicht anders!" antwortete er. „Kein Risiko!"

„Du kannst mich mal!" rief ich zurück, zeigte ihm den Vogel und stieg in meinen Wagen. Und da fiel mir eben Arnold ein, der vor dreißig Jahren gesagt hatte: „Ihr könnt mich mal!" Ich hatte Sehnsucht nach der Stimme der Vernunft, der Philosophie, nach der Liebe zur Weisheit.

Noch am gleichen Tag schrieb ich einen Brief an Arnold, bat um rasche Antwort und hatte da auch schon den Plan, wie man aus einer touristischen eine geschäftliche Reise macht. Zehn Tage später kam die Antwort. Ein Vertrag über den Kauf einer Finca lag bei. Es fehlte nur noch meine Unterschrift. Dass ich die nur geben kann nach einer endgültigen Besichtigung müsste man doch am Check-In von Iberia einsehen. Dass ich keine 280 000 Euro auf dem Konto habe, würden sie nicht kontrollieren. Es ist etwas weniger, könnte aber zu einer bescheidenen Behausung wirklich reichen. Ich gebe hier zu, dass ich nicht nur Sehnsucht nach guten Gesprächen hatte, sondern auch dachte: „Wenn Arnold eine schöne Zigeunerin gefunden hat, könnte mir das auch gelingen."

Am Abend trank ich eine Flasche von dem Wein, den ich mir statt des Tests gekauft hatte, sah vom Balkon aus in die stille Dunkelheit und schöpfte Hoffnung, einer weitläufigen Psychiatrie entkommen zu können. Aufgeheitert wurde ich auch von der SMS einer Bonner Bekannten, die mir ab und zu etwas über WhatsApp schickt. Sie schrieb:

„Habe heute Morgen beim Aldi das Päckchen mit den Tests gekauft und gleich alle fünf ausprobiert. Ich war zweimal positiv, zweimal negativ und einmal schwanger."

3

Mit dem Flug hatte also alles geklappt, obgleich ich beim Check-In ziemlich nervös war. Das ist das Belastende beim Fliegen, wenn man in der Coronazeit weg will. Man weiß einfach nicht, ob es gelingt. Neben einem negativen Test können sie alles Mögliche verlangen. Spezielle Tests wegen der Mutanten zum Beispiel, Tests, die nicht älter sein dürfen als vier Stunden. Hinzu kommen Online-Anmeldungen für das Land der Ankunft. Auch muss man damit rechnen, dort in Quarantäne gesteckt zu werden. Wer will sich das antun? Man steht unter einem hohen Stress, der einem das Verreisen gründlich verleidet. Es ist genau eingetreten, was unsere Frau Kanzlerin angekündigt hat. Sie könne das Reisen nicht total verbieten, aber es so unangenehm wie möglich machen.

Dass ich alle diese Unannehmlichkeiten in Kauf nahm, lag einfach daran, dass ich die Schnauze gründlich voll hatte. Und so landete ich tatsächlich in Sevilla, mietete mir dort einen Fiat 500 und fuhr auf der A 49 die 150 Kilometer nach Sanlúcar de Guadiana. Mit dem Wägelchen, diesem kleinen, wendigen Flitzer bin ich vertraut, weil ich ihn zu Hause selber habe.

Die Sonne schien, es waren 25 Grad, ich atmete auf, hatte das Dach des Cabrio geöffnet, hörte die flotte Musik eines spanischen Radiosenders. Arnold hatte mir eine ausführliche Wegbeschreibung geschickt, so dass ich sein Anwesen am Rande von Sanlúcar de Guadiana leicht finden konnte. Ja, ich atmete wirklich auf, war froh der Tristesse meines Heimatlandes entflohen zu sein. „Heimatland?" dachte ich. „Was ist Heimat?" Die Heimat ist da, wo ich mich wohlfühle. Was verband mich mit der Heimat? Die Sprache, die Kultur. Aber die Kultur war verloren, lag auf dem Sterbebett. Aufklärung und Humanismus?

Nada! Nichts! Stattdessen Panik, Ängstlichkeit, Hysterie, Distanziertheit, Materialismus, Zahlentyrannei und sogar Aufhebung der Freiheit. Ich freute mich auf Arnold, die Gespräche mit ihm und eben auf ganz, ganz andere Umstände. Endlich wieder leben!

Dreißig Jahre scheinen lang. Aber dreißig Jahre sind unter Freunden nichts. Wir umarmten uns, begrüßten uns herzlich. Und dann kam Saira. „Wow!" dachte ich. „Endlich wieder eine herzerfrischende Femininität!" Das hätte ich an Arnolds Stelle auch gemacht. Meine Bedenken wegen des Altersunterschiedes von dreißig Jahren zwischen ihm und ihr kamen mir albern vor. Dreißig Jahre Unterschied scheinen etwas viel. Aber was soll es, wenn die Mentalität stimmt!?

Vor dreißig Jahren hatte ich Arnold das letzte Mal gesehen. Jetzt waren seine Haare grau und verdammt lang, fielen bis weit über die Schulter. Er musste sie über all die Jahre wachsen gelassen haben. Er hatte, wie früher auch, eine Pfeife im Mund, zündete sie hin und wieder an, qualmte dann vor sich hin. Er bemerkte meinen erstaunten Blick wegen der Haare und meinte: „Was aus dem Kopf kommt, muss man wachsen lassen!"

„Danke für das Kompliment!" antwortete ich lachend und strich mir über die Glatze.

„Komm!" meinte er. „Wir trinken jetzt erst einmal zur Begrüßung einen kleinen Selbstgebrauten. Den kennst du gewiss nicht. Das ist etwas ganz Besonderes. Die Beeren, die ich gären lasse, wachsen aus dem Stamm eines Baumes. Das ist der Jabuticaba. Die Früchte schmecken nach schwarzen Johannisbeeren. Ich zeige dir gleich unser Anwesen. Dann siehst du auch diesen Baum."

Bislang hatte ich gedacht, dass Arnold sich mit der kleinen Hütte beschieden hätte. Jedenfalls hatte er mich in diesem Glauben gelassen. Aber so war es nicht. Die Hütte war nur noch ein Denkmal aus der Gründerzeit. In Wirklichkeit standen auf dem weitläufigen Anwesen noch ein paar andere, viel größere Hütten, die die Beiden als Werkstatt, Küche, Wohnhaus nutzten. Und der Garten, ich würde eher von einer Plantage reden, war neben den Beeten für allerlei Gemüse ein Paradies bunter, blühender Exotik. Da waren Büsche und Bäume, die ich noch nie gesehen hatte und deren Namen ich nicht kannte. Botanik war noch nie mein Fach gewesen. Ich war froh, eine Kartoffel von einem Apfel unterscheiden zu können. Was Blumen betrifft, gab es für mich nur Rosen und Tulpen.

Beim Gang über das Gelände schüttelte ich verwundert den Kopf. „Wie finanzierst du das alles?" fragte ich. „Ist die Kunst so einträglich?"

„Nein, nein", klärte er mich auf. „Was wir damit verdienen, reicht gerade zum Leben. Aber wenn Saison ist, helfen wir bei der Olivenernte und außerdem..." Er zögerte einen Moment. „Ja, und außerdem, sorry, dass ich dir gegenüber Saira als Zigeunerin bezeichnet habe. Sie sieht zwar so aus, ist es aber nicht. In Wirklichkeit stammt sie aus einer portugiesischen Großgrundbesitzerfamilie, ui, was für ein langes Wort. Denen ist sie etwas aus der Art geschlagen, hat mit 18 einen Trip in den Himalaya gewagt, Nomen est omen, Saira heißt ‚die Reisende', erzähl ich dir später. Nun ja, inzwischen haben sich nach dem Tod des väterlichen Patriarchen alle wieder versöhnt. Und, gebe ich jetzt zu, die Mutter unterstützt uns, wenn es einmal knapp wird. Die wirst du übrigens Morgen kennenlernen. Dann gibt es hier vor der kleinen Hütte eine Grillparty. Die Mutter", er warf mir einen vieldeutigen Blick zu, „die Mutter ist nur sechs Jahre jünger als du und nach dem Tod des Alten recht gut drauf. Sie heißt Celina. Wird mit ‚C' geschrieben, aber mit einem scharfen ‚S' gesprochen. Das kannst du dir schon mal merken."

„Celina", wiederholte ich. „Noch nie gehört. Typisch portugiesischer Name?"

„Nicht unbedingt. Selten ist er aber auch nicht."

„Er bedeutet? Du weißt doch so was."

„Zwei Möglichkeiten", antwortete Arnold. „Entweder kommt er aus dem Griechischen und leitet sich ab von ‚Selene', der Mondgöttin, oder aber er kommt aus dem Lateinischen ‚caelum', Himmel. Dann wäre sie die ‚Himmlische'."

4

„Bienvenido – mucho gusto en conocerte!" So hatte mich Saira mit einem herzlichen Lächeln begrüßt. Ich verstand es, was auch richtig war, als einen Willkommensgruß. „Spanisch oder

Portugiesisch?" fragte ich Arnold. Von beiden Sprachen hatte ich keine Ahnung.

„Spanisch", hatte Arnold geantwortet. „Sie spricht natürlich auch Portugiesisch wie die meisten hier in der Grenzregion."

„Und das heißt, was sie gesagt hat?"

„Willkommen – ich freue mich, dich kennenzulernen!"

Nach dreißig Jahren in Sanlúcar de Guadiana sprach Arnold natürlich fließend Spanisch. So hatte ich, unterhielt ich mich mit Saira, in ihm einen Dolmetscher, was ich jedoch als umständlich empfand, wenn ich ihn bei jedem Satz dazwischen schalten musste.

„Du wirst, willst du wirklich länger bleiben", meinte Arnold, „Spanisch lernen müssen. Sonst bist du der ewige Tourist."

„Ich weiß", antwortete ich. „Bin darauf vorbereitet. Ich habe ein Buch mit. ‚Spanisch ganz leicht. Für Anfänger und Wiedereinsteiger'. Mit zwei CD's für die Aussprache. Und selbstverständlich…" - ich konnte mir ein leichtes Grinsen nicht verkneifen – „mit einem kleinen Gerät plus Kopfhörer, um die abzuspielen. Du wirst so etwas Hochtechnisches ja nicht haben."

„Du täuschst dich", erwiderte er. „Saira kann ohne Musik nicht leben. Kaum ist sie morgens aufgestanden, da schallen schon die Songs durch die Hütte."

„Batteriebetrieben?"

Er lachte. „Nein. Inzwischen haben wir hier auch Strom. Die Eremitenjahre sind vorbei. Du wirst Morgen auch einen erstklassigen Kaffee aus der Espressomaschine bekommen."

„Wie habt ihr euch eigentlich kennengelernt? Wie hast du das angestellt?"

„War vor zwanzig Jahren. Da hatte ich in Ayamonte meinen Stand mit den kleinen Idyllen neben ihrem Tisch. Reiner Zufall. Ich war zuerst auf der Promenade. Ich habe Saira beobachtet und gedacht: Eine Frau ist landschaftlich ja viel interessanter als dieser ewige Blick auf Strand und Meer. Da habe ich ein Portrait von ihr angefangen. Nach einer Weile ist sie neugierig geworden, gekommen und hat das gesehen. Ich habe ihr das Bild geschenkt. So hat das begonnen. Hätte ich nie gedacht. Du weißt ja, dreißig Jahre Unterschied. Sie war damals 22."

„Warum nicht", meinte ich. „Sie liebt eben gelehrte Männer. Einen Professor für Philosophie, der seinen Job an den Nagel hängt, um sich als Eremit zurückzuziehen, trifft man nicht alle Tage."

Ich dachte daran, wie Arnold uns damals seinen Entschluss verkündet hatte. Wir hatten in Bonn einen kleinen literarisch-philosophischen Kreis, trafen uns regelmäßig, gaben sogar ein Buch heraus. Eben dieses ‚Philosophie und Leben', Band 1, bei dem es dann auch geblieben ist.

„Feierabend, Jungs", hatte Arnold lakonisch verkündet. „Ex cathedra geht nicht mehr. Das Leben ist praktisch."

Da hatte er aus meiner damaligen Sicht eine blitzsaubere Karriere einfach aufgegeben. Er konnte die ägyptische Keilschrift lesen, das Tibetische Totenbuch im originalen Pali und war ein As in mittelalterlicher Philosophie. Bei der ‚Summa Theologica' des Thomas von Aquin, ein Riesenwerk, konnte er beliebige Stellen zitieren.

„Was ist mit Celina, der Mutter?" wollte ich wissen. „Sie besucht euch öfter?"

„Ja. Sie hat ein Landgut mit Weinbergen. In der Nähe von Alcoutim. Das ist auf der portugiesischen Seite gleich gegenüber Sanlúcar. Eine Brücke gibt es hier noch nicht, aber auf beiden Seiten einen kleinen Hafen oder sagen wir richtiger eine Anlegestelle. Sie kommt mit dem Boot, legt hier am Puerto Deportivo an. Ich hole sie dann mit dem Käfer ab."

„Abholen?" fragte ich erstaunt. „Woher weißt du denn, dass sie kommt? Schreibt ihr euch? Telefonieren kann man mit dir doch nicht."

„Ach was! Saira hat ein Handy. Celina hat darauf bestanden."

„Also doch moderne Technik. Hast du nichts von erzählt."

„Warum auch? Ich habe so etwas nicht. Du wirst hier auch keinen Computer finden. Auch keinen Fernseher. Die persönliche Kommunikation unter vier Augen ist mir lieber. Kennst du ja. Bei der Tagesschau im Fernsehen wirst du begrüßt mit ‚Guten Abend, meine Damen und Herren!' Kannst du zurückgrüßen? Nein. Du bekommst keine Antwort."

„Wie ist sie so, ich meine Celina?"
„Habe ich dir doch gesagt. Sie ist gut drauf. Eine muntere Frau. Und das mit 68. Sie kommt übrigens nicht nur, weil sie uns sehen will."

Arnold grinste. „Komm, ich zeig dir was! Ein etwas verstecktes Pflänzchen in unserem Garten."

Er führte mich zu einer Ecke des Gartens, wo noch der Rest einer Mauer stand.

„Kennst du dieses Gewächs?"

Ich betrachtete die hoch aufgeschossenen Stängel mit den handförmigen Blättern.

„Hanf, Cannabis", sagte ich. „Das raucht sie?"

„Aber ja. Warum nicht!? Der Anteil an THC ist recht gut."

5

Arnold war nicht verborgen geblieben, dass ich mich für Celina interessierte.

„Du hast Glück", sagte er. Sie spricht neben Portugiesisch und Spanisch auch perfekt Deutsch. Als sie zwanzig war, hat sie in Köln zwölf Jahre lang für den TÜV Rheinland gearbeitet. Der hat ein Netzwerk in aller Welt. Sie war für die Koordination mit Inspecções Técnicas in Lissabon zuständig. Na ja, mit dreißig hat sie das an den Nagel gehängt und den Patriarchen von Alcoutim geheiratet. Die Ehe war nicht so besonders. Sie hat gegen ihn protestiert, indem sie ihm drei Töchter geschenkt hat. Er wollte immer einen

Thronerben. Ähnliche Geschichte wie mit dem persischen Schah und Soraya."

„Saira hat noch zwei Schwestern?" fragte ich und bemühte mich, nicht zu viel Interesse zu zeigen.

„Ja, ältere, aber schlag dir die aus dem Kopf. Eine ist in Südbrasilien verheiratet. Die andere in Angola. Dort leitet sie ein Hotel. Früher war Angola eine Kolonie Portugals. Jetzt ist es fast umgekehrt. Viele Portugiesen sind ausgewandert, haben Arbeit in Angola gefunden."

Wir waren weiter in dem Anwesen umhergewandert, standen vor dem Jabuticaba-Baum. Ich staunte über die prallen, schwarzen Beeren, die aus dem hellen Holz des Stammes wuchsen.

„Kannst du ruhig pflücken und probieren", ermunterte mich Arnold.

Ich stand noch unter dem Eindruck der Hanfpflanzen und fragte misstrauisch:

„Bekommt man davon einen Rausch oder Halluzinationen?"

„Ach was! Die sind lecker und harmlos. Solche Früchte bekommst du in Deutschland nicht. Die Kerne kannst du ausspucken. Sie sind bitter. Aber das Fruchtfleisch ist süß und gibt einen hervorragenden Schnaps."

Ich pflückte eine der Beeren, kaute und lutschte vorsichtig. Arnold hatte recht. Das schmeckte wie vollreife, schwarze Johannisbeeren. Und so bitter, wie ich vermutet hatte, waren die Kerne nicht. Ich spuckte sie aber neben einem Beet mit Aloe Vera auf den Boden.

Kurz darauf erschien Saira, winkte uns zu und rief: „Venha, a refeição está pronta!"

Ich sah Arnold fragend an.

„War Portugiesisch", sagte er. „Kommt, das Essen ist fertig!"

„Portugiesisch? Das sprichst du auch?"

„Ja, durfte ich nach der besten Methode der Welt lernen."

„Und die wäre?"

„Zwei Köpfe, ein Kopfkissen."

6

Wir gingen zu der großen Holzhütte, die zugleich Werkstatt und Küche war und eine gemütliche Essecke hatte. Die Essecke war an den Wänden mit tibetischen Gebetsfähnchen geschmückt.

„Hat Saira aus Bhutan mitgebracht", erklärte Arnold. „Sie war ein ganzes Jahr dort. Das muss ein wunderbares Land im Himalaya sein. Sie haben dort nicht wie bei uns ein Bruttosozialprodukt, sondern ein Glücklichkeitsprodukt. Die sind trotz reicher Bodenschätze nicht wie der Teufel hinter dem ökonomischen Wachstum her, sondern achten auf Traditionen, Kultur, menschliche Bindungen, Zufriedenheit. Die Hektik und die andauernden Veränderungen und Beschleunigungen, wie wir sie im Westen haben, kennen die nicht. Es geht langsamer und gemütlicher zu. Wasser und Luft sind blitzsauber, die Landschaft großartig. Schade, dass Saira dir nicht davon erzählen kann. Fast hätte ich Pech gehabt und sie wäre geblieben. Dzongkha, die Sprache dort, hatte sie schon gelernt. Übrigens, was Corona betrifft, ist der Inzidenzwert dort Null. Bei ein oder auch zwei Millionen Einwohnern. Eine Volkszählung gibt es nicht."

„Woher weißt du das mit dem Inzidenzwert?"

„Celina hat uns ein Smartphone geschenkt. Da kann man sich über so etwas informieren. Saira interessiert sich natürlich dafür, wie es Bhutan mit der angeblich globalen Pandemie geht."

„Wahrscheinlich sind die im Himalaya so abgeschottet, dass sie das Virus nicht kennen", vermutete ich.

„Von wegen", erwiderte Arnold. „Die haben ihre diplomatischen und Handelsbeziehungen zu China und Indien. Dass sie von Corona nicht betroffen sind, liegt eher an der Lebensweise und einem hervorragenden Immunsystem. Ist in den Nachbarstaaten Ladakh, Nepal und Tibet ebenso. In den Nachrichten des Westens erfährt man davon nichts. Die bringen ja nur die schrecklichen Meldungen. Aber ich will nicht darüber spekulieren. Ich weiß es nicht. Lassen wir das Thema. Irgendwann, solltest du einmal Spanisch verstehen, kann dir Saira ein paar Anekdoten und Erlebnisse aus Bhutan erzählen."

Arnold übersetzte für Saira in Spanisch – oder war es Portugiesisch? – was er mir erzählt hatte. Sie kicherte und sagte irgendetwas, was ich natürlich nicht verstand.

„Ich soll dir wenigstens die Geschichte von dem Kramladen erzählen", wandte sich Arnold wieder mir zu.

„Also die Amtssprache Dzongkha ist ziemlich kompliziert. Da hängt die Bedeutung der Wörter von der Intonation ab. Je nachdem, wie du die Wörter aussprichst, mit steigendem, fallendem oder gleichbleibendem Ton, ändert sich auch der Sinn. Eine sehr musikalische Sprache also. Saira, wie heißt der Satz noch mal, den du dem Besitzer des Kramladens gesagt hast?"

„Go la phu bey ma nyay."

"Ach ja, das war, als sie das Dzongkha noch nicht so beherrschte. Eigentlich wollte sie fragen: „Wie geht es Ihnen? Oder etwas Ähnliches. Aber dann rutscht ihr mit verhängnisvoller Intonation dieses ‚Go la...' heraus. Und das bedeutete: ‚Ausziehen und hinlegen!' Peinlich. Aber in Bhutan ist man nicht so schnell verärgert und entrüstet. Buddhistische Gelassenheit. Die Welt ist eben voller Wunder."

Arnold machte eine kleine Pause. „Na ja, noch eine kleine Geschichte. Dann können wir uns dem Essen zuwenden. Also, Saira ist auf irgendeinem Pfad unterwegs. Vor ihr geht eine ältere Frau, davor ein junger hübscher Mann. ‚Ist das Ihr Sohn?' fragt Saira. ‚Nein, das ist mein Mann', kommt als Antwort. Die Frau sieht das Erstaunen bei Saira, beugt sich zu ihrem Ohr und flüstert: ‚Er ist genauso alt wie ich. Wenn Sie wissen wollen, warum er so jung aussieht, sage ich es Ihnen. Ich freue mich jedes Mal, wenn er mit mir schlafen will.'"

Arnold lächelte verschmitzt und fügte hinzu: „Celina ist 68, sieht aber aus wie 52."

Ich sah ihn fragend an. „Soll ich mir jetzt einen Reim darauf machen?"

„Nein. Freu dich einfach, wenn sie kommt!"

7

Saira hatte Köstlichkeiten aus der portugiesischen Küche zubereitet. Es gab zuerst mit Piripiris geschärfte ‚Caldo verde', eine Gemüsesuppe mit Grünkohl, danach kam das ‚Meer auf dem Teller', Gambas mit Knoblauch, und schließlich als Dessert Pastéis de Nata, portugiesische Puddingtörtchen. Dazu tranken wir vinho verde, grünen Wein, wobei, wie Arnold erklärte, sich das Grün nicht auf die Farbe des Weins bezieht, sondern auf das Grün der Landschaft. „Kommt übrigens von Celinas Landgut", sagte er. „Der Wein hat eine leichte Sommerfrische wie Celina selbst."

„Schon gut", meinte ich, „du musst mir sie nicht schmackhaft machen. Du benimmst dich ja wie eine Kupplertante."

Er lachte. „Ist auch notwendig. Nach dem Tod des Patriarchen hat sie nämlich erklärt für keinen Mann mehr zu kochen, zu waschen und das Bett für sich alleine zu haben. Du wirst es schwer haben. Ich wollte dich nur ein bisschen reizen, aus der Reserve locken. So wie ich dich von früher kenne, hältst du dich bei den Damen sehr zurück und wartest ab, bis sie die Initiative ergreifen. Das geht bei Celina schief. Na ja", fügte er hinzu, „mein wichtigstes Anliegen ist aber, dass es einen Grund gibt, damit du bleibst."

„Es gibt genug andere Gründe", entgegnete ich. „Die Menschen sind in Spanien freundlicher, verachten das Social Distancing, das jetzt in Deutschland gepflegt wird, die Landschaft hier ist großartig, das Meer nicht weit und diese elenden grauen Winter gibt es hier nicht. Da brauche ich keine Celina. Und außerdem kümmere ich mich um mein Liebesleben selber. Das heißt, ich kümmere mich nicht darum. Ich habe nämlich auch die Schnauze voll. Aus irgendeinem Grund gelingen mir immer nur Beziehungen für drei Monate. Das muss aufhören. Ich bin ein Fluchttyp, der den Damen nur Kummer bringt. Der Quatsch muss aufhören. Ich bin jetzt 74, stehe kurz vor Kaffee und Kuchen in irgendeiner Seniorenresidenz oder wie sie diese Einrichtungen nennen. Liebesleben passé. Der liebe Gott schickt mir nichts mehr."

Arnold übersetzte für Saira, was ich gesagt hatte. Die schüttelte den Kopf, dass Rastazöpfe und Ohrringe hin und her flogen, lachte und sagte: „A vida amorosa nunca acaba."

„Was meint sie?" fragte ich Arnold.

„Sie sagt, das Liebesleben sei nie zu Ende."

Saira lauschte amüsiert unserer Unterhaltung und ergänzte ihren Satz mit: "Na velhice surge a sabedoria."

"Im Alter kommt noch die Weisheit hinzu", erklärte Arnold.

8

Es war ein milder warmer Abend, den wir zunächst zu Dritt auf der Terrasse vor der kleinen Hütte verbrachten. Vom fernen Atlantik her kam eine leichte Brise. In der Dunkelheit der beginnenden Nacht zogen an einem klaren Himmel die Sterne herauf. Auf dem Terrassentisch brannte die Kerze eines Windlichts, das mit seinem Licht den Blick zum Firmament nicht störte. Wir waren beim Vinho Verde geblieben. Zweimal gab es ein kleines Glas des köstlichen Schnaps von den Beeren des Jabuticaba.

„48 Umdrehungen", kommentierte Arnold. „Da muss man sparsam sein. Sonst liegen wir nachher unter dem Tisch. Und außerdem…" - er zog ein Pfeifchen und ein Döschen aus der Hosentasche – „genehmige ich mir jetzt etwas Makonja, Marihuana. Wie ist das mit dir?"

„Nein, danke!" wehrte ich ab. „Mir reicht der Wein und der Jabuticaba. Ich habe keine Ahnung, wie Marihuana bei mir wirkt. Lieber nicht."

Ich sah ihm interessiert zu, wie er das runde, hölzerne Döschen, dessen Deckel ein Hanfblatt zierte, hin und her drehte. Schließlich öffnete er es. Ein grünes Pulver lag darin. Das stopfte er in die Pfeife und erklärte:

„Dieses Döschen ist so genial wie einfach." Er schob es zu mir rüber. „Du siehst diese Nägel darin. Die sind an Deckel und Boden so angebracht, dass man sie gegeneinander drehen und die Marihuanabrocken zerkleinern kann. Ist ein Geschenk von Saira. Das hat sie aus Bhutan mitgebracht. Wir rauchen das beide. Es hat eine angenehme Wirkung. Die Welt wird leicht und lustig. So, wie sie vielleicht wirklich ist. Man soll nicht alles so ernst nehmen."

Kurz darauf war die Luft von dem typischen und durchaus angenehmen Duft des Marihuana erfüllt. Das Pfeifchen ging zwischen Saira und Arnold hin und her. Ab und zu sagten sie etwas auf Portugiesisch oder Spanisch – das weiß ich nicht so genau – und manchmal übersetzte Arnold. Von Celina redeten sie nicht mehr. Jedenfalls fiel ihr Name nicht. Arnold erzählte ein paar Anekdoten aus Bhutan. Zum Beispiel die von dem Lama Wang Drugay, der als Wüstling und zugleich als Heiliger galt. So etwas schloss sich in dem Himalayastaat offensichtlich nicht aus.

„Wang Drugay", erzählte er, „hat sich einmal als Nonne verkleidet, ist in einem Frauenkloster aufgenommen worden und hat dort eine der Schwestern geschwängert. Die Äbtissin, die nicht unklug war, hat sich gedacht: ‚Da muss sich doch ein Mann eingeschlichen haben.' Sie hat daraufhin eine Feuerprobe gemacht. Die Nonnen mussten ihr Gewand raffen und über die Flammen springen. Wang Drugay hat sich mit einer Schnur, die er über den Rücken gezogen hatte, das Schwänzchen und so weiter versteckt und ist gesprungen. Die Schnur aber ist beim Sprung durch die Flammen versengt worden und alles wurde offenbar. Da haben die Nonnen entrüstet gestöhnt. In Wirklichkeit waren sie hocherfreut. So ist das, mein Lieber."

„Warum erzählst du mir das?" wollte ich wissen.

„Nur so!" antwortete er. „Lass dich von Entrüstung nicht abhalten. Das ist nur eine Maske, die die innere Freude verdecken soll."

Gegen Mitternacht zog sich Saira mit der Bemerkung „noite de cavalheiros", Herrenabend, zurück, überließ uns einem Gespräch, auf das ich lange gewartet hatte und wegen dem ich eigentlich gekommen war.

9

„Man wird in das Digitale hineingezwungen", sagte ich zu Arnold. „Das Abrufen für das Ergebnis eines Coronatests, der QR-Code beim Check-In. Alles nur noch digital. Ohne Computer und Smartphone läuft nichts mehr. Genau so, wie du das damals vorhergesagt hast. Du hast die Indianer über den grünen Klee gelobt und wir haben das für einen Spleen gehalten."

„Ja, habt ihr. Habt gedacht, der Arnold hat einen Knall. Hat er aber nicht. Ich habe nur gedacht, wenn Indianer sich etwas zu sagen haben, schreiben sie keine Email oder rasche SMS, sondern setzen sich aufs Pferd und reiten zu demjenigen, dem sie etwas sagen wollen. Da gibt es keine Staus in der Prärie und auch kein Hinweisschild ,beim nächsten Kaktus links abbiegen!' Sie bringen ein Geschenk mit und sprechen unter vier Augen. Und heute? Da läuft eine wahnsinnige Manipulation. Das fing mit den Automaten an den Bahnhöfen an. Du sprichst nicht mehr mit jemandem. Die Maschine hat das übernommen. Aber sie spricht nicht mit dir. Eine Entpersönlichung ist im Gange. Unruhe und

Beschleunigung haben sie in die Welt gesetzt. Beim Computer wirst du von Update zu Update gejagt, die Oberflächen verändern sich. Jede Tradition wird verhindert. Und warum? Weil das System ausbeuterisch und kapitalistisch ist. Es zählt nur noch der Profit. Digital kann man dich kontrollieren, manipulieren, deinen Aufenthaltsort herausfinden, dein Kaufverhalten und so weiter. Du bist nicht mehr du, sondern eine Ziffer im System der Nullen und der Eins. Das Digitale ist unpersönlich, kennt keine menschliche Wärme und Zuwendung. Du kannst nicht mehr sprechen, dich mit jemandem unterhalten, etwas fragen. Das haben sie dir ausgetrieben. Du hast nur noch den reaktiven Zwang. Jetzt in der Coronazeit verkaufen sie dir alles unter dem Etikett der Sicherheit und der Gesundheitsfürsorge. Da werden sie unmenschlich, verbieten dem Sohn, den sterbenden Vater zu besuchen, verhindern, dass der Mann seine Frau im Pflegeheim besuchen darf. Das ist Diktatur, Freiheitsberaubung, Entmenschlichung. Man mag über die Indianer lächeln, sie als primitiv und unterentwickelt bezeichnen. Aber so einen Mist, wie wir ihm heute unterworfen sind, kannten sie nicht. Im Vergleich mit uns hatten sie sich das Herz bewahrt, das Gespräch, die Begegnung. ‚Schöne neue Welt‘. Wie hellseherisch hatte Huxley das vorausgesehen. Es ist alles eingetroffen. Und das kommt noch schlimmer. Willst du mit deiner Frau schlafen, hast du demnächst ein Smartphone an den Bauchnabel zu führen und dich mit einem Code zu identifizieren. Zu ihrer Sicherheit natürlich, damit kein Fremder sie berührt. Sie hat einen Chip im Nabel, den sie als Baby bei der Geburt implantiert bekommen hat."

Ich musste darüber lachen. Arnold übertrieb gewaltig. Aber hatte er im Prinzip nicht recht? Sind wir nicht auf dem Weg zu einer Diktatur, die sich unter einer digitalen Oberfläche einschleicht, uns zwingt und manipuliert? Herrscht nicht schon der digitale Wahnsinn?

„Na ja", meinte ich, „dass du dich bei der eigenen Frau mit einem Code identifizieren musst, ist natürlich übertrieben. Aber wer weiß? Die Entwicklung läuft darauf hinaus."

„Entwicklung!" spottete Arnold. „Das ist keine Entwicklung. Das ist Versklavung. Es ist traurig, dass man heute eher mit den Menschen sympathisiert, die sich konservative Werte bewahrt haben. Die Welt ist ein Narrenhaus geworden, völlig aus den Fugen geraten. Über Corona will ich nicht urteilen. Aber ist es nicht so, dass wir von Zahlen und Virologen tyrannisiert werden? Dieses unsägliche RKI bei euch in Deutschland. Sie bombardieren dich mit Zahlen. Die Zahl als der Herrscher unserer Zeit. Sie werfen dir eine Zahl an den Kopf und verschweigen, wieviel sie getestet haben. Teste einmal flächenintensiv den IQ! Du wirst erschrecken, wie viele Idioten es gibt."

Arnold entkorkte eine neue Flasche Vino Verde, stopfte sich ein neues Pfeifchen. „Bäh!" sagte er. „Ich habe damals genau gewusst, was ich gemacht habe. Hier haben wir unsere Ruhe, ein Eigenleben. Die Spanier und die Portugiesen sind nicht ganz so bescheuert wie die Deutschen. Die Deutschen sind absolut brav, obrigkeitshörig und unterliegen dem Ordnungsamt. Die Franzosen haben wenigstens ihre Revolution gehabt, den Sonnenkönig verjagt. Der Deutsche sagt Ja und Amen zu allem. Die geistige Verflachung ist erschreckend. Aber nichts gegen dich. Sonst wärst du ja nicht nach Sevilla geflogen, wärst nicht hier. Es ist übrigens schön, dass du gekommen bist. Saude! Prost!, mein Lieber. Morgen kommt Celina. Ein Klasseweib, sag ich dir. Wenn du Glück hast, nimmt sie dich mit in die Luft. Sie ist nämlich auch Pilotin, hat eine eigene Maschine, eine Cessna 400. Ich will euch nicht verkuppeln. Überhaupt nicht. Ich kann mir aber vorstellen, dass sie dich mag. Und du wirst ihr verfallen. Dann ist Feierabend mit deinen kurzen, wechselnden Beziehungen. Das und genau das prophezeie ich dir. Eine neue Dimension steht dir bevor."

10

Beim Vinho Verde saßen wir bis zum Morgengrauen zusammen. Ich weiß nicht, wie viele Flaschen es waren. Vier, fünf oder gar sechs? Aber ich hatte am Mittag beim Wachwerden nur einen leichten Kater. Das ist das Seltsame an einem guten Winzerwein. Und das war der Vinho Verde. Eine Zeit lang unterhielten wir uns noch über Staat und Diktatur. Arnold zitierte Nietzsches Zarathustra. „Von allen kalten Ungeheuern ist der Staat das größte."

„So oder so ähnlich", sagte er. „Alles habe ich nicht mehr im Kopf. Der hat sich für ein paar schönere Dinge entleert."

„Was ist mit den Gottesbeweisen?" fragte ich. „Schafft die Philosophie das?"

„Die Philosophie? Nie und nimmer. Das geht nur über das eigene Gefühl. Es gibt keinen Gottesbeweis. Die Wissenschaft will uns weismachen, dass wir in einem unbarmherzigen, sich expandierenden Universum leben, das sich seit einem Urknall ausdehnt. So ein Unsinn! Aber dahinein werden wir gezwungen. Mit Zahlen, Wissenschaft. Damit wirst du der Säkularisation gefügig gemacht. Unsere Tempel sind das Auto und der Supermarkt. Weißt du, ich bewundere den Franz von Assisi und auch den Thomas, diesen scheinbar rationalen Giganten, der am Ende nur in ein stummes Schweigen fiel. Und ich selbst? Ja, die ersten Jahre in der kleinen Hütte waren schön. Da kommst du zur Ruhe und zur Liebe der Schöpfung. Meine Professur in Bonn? Ein Schmarren! Aber, aber. Da begegnest du mit Saira einem wundervollen Weib und dann wirfst du das Eremitendasein hin, denkst, das Weib ist das Schönste, was Gott geschaffen hat. Warum soll ich ihn nicht mit dieser Begegnung loben? Aus psychologischer Sicht war es eine Koinzidenz."

„Koinzidenz? Was meinst du damit?"

„Kannst du doch von dem Wort ableiten, du alter Lateiner."

Ich überlegte, antwortete: „Ja, kann ich. Bedeutet ‚zusammenfallen'."

„Richtig! Aber was fällt zusammen?"

„Du beim Anblick dieser schönen Frau?"

„Nein."

„Was kann schon zusammenfallen?" fragte ich weiter. „Ein Haus, eine Brücke? Das Dach deiner Hütte wurde zufällig von einem Sturm abgedeckt?"

„Quatsch! Was kann denn noch zusammenfallen?" Arnold gefiel sich in einem Ratespiel.

„Weiß ich nicht. Soll ich jetzt alles aufzählen, was zusammenfallen kann?"

„Nein. Ereignisse können zusammenfallen. Koinzidenz. Den Begriff hat der Psychologe C.G. Jung eingeführt. Da kommt eine Frau in seine Praxis, erzählt ihm, dass sie von einem goldenen Käfer geträumt hat. Und als sie ihm das erzählt, fliegt ausgerechnet in dem Moment ein goldfarbener Käfer vor die Fensterscheibe. Das ist Koinzidenz. Etwas Ähnliches kennen wir doch vom Telefonieren. Du denkst an eine bestimmte Person und genau in diesem Moment ruft sie dich an."

„Na ja", meinte ich. „Sehr geheimnisvoll und schwer zu erklären. Vielleicht auch nur Zufall."

„Schwer zu erklären? Nein. Jenseits der rationalen Wissenschaft gibt es eben noch etwas anderes."

„Na gut, mag sein. Aber was hat das jetzt mit dir und Saira zu tun?"

„Ja, mein Lieber, bevor ich mit meiner Staffelei und dem Tisch mit den Bildern an die Strandpromenade von Ayamonte gefahren bin, habe ich mir den alten Platon gegriffen, den ich schon lange nicht mehr gelesen hatte. Ich schlage das Buch irgendwo auf, durchaus zufällig, und stoße auf das Gespräch des Sokrates über den Eros und Erotik. Das ist großartig, denke ich. Genau das ist es. Der Eros wird da nämlich als ein Dämon bezeichnet. Dämon nicht in einem negativen Sinn, wie wir es heute kennen und benutzen, sondern Dämon als Götterbote, als Vermittler zwischen Gott und dem Menschen. Der Eros oder sage meinetwegen auch die Erotik ist nichts anderes als die Nabelschnur zu Gott. Diese Vorstellung gefiel mir. Und was passiert nur eine Stunde, nachdem ich das gelesen hatte? Ich begegne Saira."

„Nun ja", dachte ich. „Dieser Platon oder Sokrates hat ihm eine tiefere Lust auf die Liebe gemacht. Er war auf einmal empfänglich für eine besondere Begegnung."

Es war ein Einwand, den ich nicht sagte. Sollte er doch ruhig an diese Koinzidenz glauben. Aber sicher war ich mir nicht. Ja, wirklich. Warum sollte es nicht so etwas geben, was von einer tieferen oder meinetwegen auch höheren Ebene gelenkt wird. Muss denn alles blinder Zufall sein? Gibt es nicht so etwas wie Fügung? Und ist die Fügung nicht gelenkt, absichtlich von einer spirituellen Ebene herbeigeführt? Haben wir so etwas in unserer geistigen und wissenschaftlichen Verflachung vergessen? Mag sein.

„Wie waren die ersten Jahre hier?" wollte ich wissen.

„Wechselhaft. Sehr wechselhaft. Mit Zweifeln, mit Hochgefühl, mit Trotz. Man bewegt sich auf einer ganz eigenen Bahn, schwimmt gegen den Strom. Dann habe ich gelernt, dem Gefühl zu vertrauen. Ohne Saira wäre das nicht gelungen. Sie ist weiblich, einfach anders. Sie schlägt mir die Wurzeln zur Erde, zur Schönheit des Kosmos. Anders kann ich das nicht sagen. Mit der Rationalität, zu der ich ja berufswegen neige, verirrt man sich in der Höhe. Kann ich etwas lehren? Nein! Weißt du, der Staat hat Gott ermordet. Wir haben ihn wissenschaftlich um die Ecke gebracht. Zünde deine eigene Laterne an!"

So ganz verstand ich Arnold nicht. Er hatte sich schon sein zweites Pfeifchen mit Makonja angezündet und genoss lächelnd den Vinho Verde.

„Morgen Nachmittag hole ich Celina unten am Hafen ab", sagte er. „Kommst du mit?"

„Nein", antwortete ich. „Das sieht ja aus, als hätte ich ein besonderes Interesse an ihr. Ich werde hier warten."

11

Arnold hatte sich sein Anwesen, auf dem zuerst nichts als Wiese und die Hütte war, geschickt ausgesucht. Mitten in dem jetzt blühenden Garten gab es eine Quelle, aus der blitzsauberes, kühles, klares Wasser plätscherte, das man trinken konnte. Arnold hatte dann nach einiger Zeit ein Rohr verlegt und um die Quelle einen Brunnen aus portugiesischem Granit gebaut.

„Das ist Pedra Portuguesa", hatte er mir erklärt, „findest du als typische Wegpflasterung in der Lissaboner Altstadt. Und übrigens auch an der Copacabana in Rio de Janeiro. Da in einem bewegten Wellenmuster mit schwarzen und hellgrauen Steinen. Portugal ist berühmt für diese Pflastersteine."

Die vordere Brunnenseite hatte er mit einem bunten Keramikmosaik dekoriert, das er kunstvoll zu einem besonderen Motiv zusammengesetzt hatte. Der Brunnen erinnerte mich an die Azulejos von Lissabon, an die Keramikfliesen, mit denen Hauseingänge geschmückt waren. Die Azulejos erzählten Geschichten, Fabeln und Liebesszenen in Bildzyklen. Oft waren es auch einzelne Motive. Blumen, Vögel, Schiffe, Kalligrafien aus dem arabischen Raum. Manchmal waren die Azulejos ein kühler Traum in Blau, erinnerten an die Farbe von Himmel und Meer. Zu dem Motiv am Brunnen hatte Arnold gesagt: „Ist mir eingefallen, nachdem ich Saira begegnet bin. Die Szene stammt aus der Bibel, aus dem Alten Testament. Jakob trifft Rahel am Brunnen und gewinnt sie lieb."

Ausgerechnet dort stand ich, als Arnold mit Celina kam. Ich hatte meinen Kopf gerade unter das Wasser gehalten, das aus dem Rohr in den Brunnen plätscherte. Der Vinho Verde hatte einen Kater verursacht, der nicht an der Reinheit und Leichtigkeit des Weins lag, sondern einfach an der Menge. Ich wischte mir mit beiden Händen das Wasser vom Gesicht, hatte die Augen geschlossen, öffnete sie wieder, blinzelte. Da standen die Beiden plötzlich vor mir.

Wahrscheinlich muss ich einen etwas blöden, erstaunten Eindruck gemacht haben. Einfach weil ich überrascht war. Vielleicht, was ich nicht mehr weiß, stand mir auch der Mund offen. Celina lächelte, reichte mir die Hand. Ich wischte meine Hand rasch und verlegen an der Hose ab, murmelte „Sorry, war gerade mit dem Kopf unter Wasser."

Arnold hatte nicht übertrieben. Celina sah verdammt gut aus. Von den 68 Jahren, die sie schon erlebt hatte, konnte man bei dem ersten Eindruck mindestens zehn abziehen. Sie trug eine Fliegerjacke aus bordeauxrotem Leder und als reizvollen Kontrast ein elegantes langes schwarzes Kleid mit einer weißen, floralen Batik. Unter dem Saum des Kleides sahen rote Stiefelspitzen heraus. Was ich in den ersten Sekunden des Kennenlernens auch direkt mitbekam: Sie hatte sehr schöne, rehbraune Augen, die mich warmherzig anlächelten. Kastanienfarbene Haare mit einem leichten Schimmer von Rot umrahmten ein immer noch jugendliches, hübsches Gesicht.

Meine Verlegenheit hatte ich rasch abgelegt, sagte aber etwas zu förmlich: „Schön, Sie kennenzulernen. Arnold hat mir erzählt, dass Sie perfekt Deutsch sprechen."

„Ihr könnt ruhig ‚Du' sagen", warf Arnold ein. „Wir sind hier unter uns."

„Gerne!" meinte Celina.

Als wir uns zu der Hütte begaben, wo uns Saira mit Sekt und Aperol zu einem Begrüßungstrunk erwartete, ging Celina nicht in der Mitte zwischen Arnold und mir, sondern an meiner rechten Seite, was ich als sehr angenehm empfand. Ja, es gibt so etwas, das man sofort als Sympathie und Zugehörigkeit empfindet. Begegnungen können sich blitzschnell entscheiden.

12

Während wir zu der Hütte gingen, entschuldigte ich mich dafür, dass ich eine Sonnenbrille trug. „Die Nacht war sehr lang", sagte ich.

„Ach, das macht nichts", meinte Celina. „Arnold hat es mir erzählt. Aber einen kurzen Blick werden Sie mir doch gönnen."

Ich schob die Brille auf die Stirn, blickte in ein forschendes Gesicht.

„Oh, blau. Sehr schön." Sie lächelte.

„Und klein und müde", schwächte ich ihr Kompliment ab. „Aber es tat gut, endlich mal wieder aus der geistigen Verflachung auszusteigen. Wozu kennt man einen Philosophen!?"

„Bin ich nicht", wehrte Arnold ab. „Obwohl... unser Gespräch über die Natur des Eros, das war doch schon was."

„Gespräch?" wandte ich ein. „Das war ein Vortrag."

„Schweigen und Zuhören gehört mit zum Gespräch", sagte Arnold. „Es muss ja nicht immer ein sokratischer Diskurs sein. Saira wird dir das bestätigen. In Bhutan wird Schweigen als wohltuend geschätzt, während im Westen Redepausen eher als peinlich empfunden werden. Man reagiert verlegen, wenn die Plapperei durch Stille unterbrochen wird."

Celina hatte amüsiert zugehört. „Ihr habt über Erotik gesprochen?"

„Kann man so nicht sagen", antwortete ich. „Das war irgendwie anders."

Ich wich ihrem fragenden Blick aus, hatte keine Lust am frühen Nachmittag Erläuterungen zu versuchen.

Arnold grinste, kam mir zu Hilfe. „War eher ein Gespräch über das Fliegen."

Celina legte die Stirn in Falten, fragte aber nicht weiter, und Arnold machte keine Anstalten, seinen Satz näher zu erklären.

So erreichten wir die Hütte, wo Saira mit Kaffee auf uns wartete. Celina hatte Pastéis de Belem mitgebracht, so eine Art Berliner Ballen, süß und mit Vanillegeschmack. Ich musste über meinen

Flug nach Sevilla erzählen, über den Stress beim Check-In, über die Stimmung in Deutschland, sie vergleichen mit dem Leben in Spanien und zugestehen, dass man sich im Süden nicht so leicht in das Social Distancing zwingen ließ. Celina erzählte von ihren Jahren in Köln, meinte:

„Da war die Welt noch etwas freundlicher, lockerer. Aber die Schraube der Regulierungen dreht sich leider auch hier."

Ich hörte ihr gerne zu, fand auch den Akzent, den sie als Portugiesin hatte, wenn sie Deutsch sprach, charmant und bezaubernd. Überhaupt war ihre Gesellschaft überraschend angenehm. Sie saß an dem Tisch neben mir und mir kam der verrückte Vergleich in den Sinn: „Das ist ja, als würde man mit einem Glas Sekt in der warmen Badewanne sitzen."

Angenehm für mich war auch, dass sie aus ihrer Jackentasche eine silberfarbene Rollmaschine holte, sich eine Zigarette drehte, sie anzündete und genussvoll rauchte. Arnold und Saira hatten nichts dagegen, waren tolerant genug, sie nicht vor die Tür zu schicken. Ich selber, bin ich irgendwo zu Besuch, bin schon so konditioniert, dass ich freiwillig nach draußen gehe, auf einen Balkon oder in den Garten und mich dafür auch noch entschuldige. Ich bat Celina, mir von ihrem Tabak, den ich probieren wollte, auch eine Zigarette zu drehen. So hatten wir eine erste, nicht unwichtige Gemeinsamkeit. Arnold nahm das Rauchen in der Küche als eine liberale Selbstverständlichkeit hin. Saira sagte etwas auf Spanisch oder Portugiesisch zu ihm. Celina lächelte und übersetzte es mir und erklärte:

„Saira kommt manchmal mit diesem Spruch. Dabei rauchen und trinken sie auch in Bhutan. Sie meint, jedes Mal, wenn man sich eine Zigarette anzündet, fällt eine Himmelstänzerin herunter."

Der Nachmittag in der Küche verging recht kurzweilig. Eigentlich hätten wir auch draußen auf der Terrasse sitzen können. Es war ein warmer, sonniger Tag mit einer Temperatur um die 25 Grad. Aber wir waren eben in der Hütte sitzen geblieben. Erst in der beginnenden Abenddämmerung gingen wir raus, setzten uns auf der Terrasse an einen Tisch, während Arnold Holzkohle anzündete und sich als Grillmeister betätigte. Vom fernen Atlantik wehte eine angenehme Brise herüber. Der Himmel verwandelte sich mehr und mehr in ein tiefes, samtenes Blau. Es wurde dunkel. Saira hatte Windlichter aufgestellt, die mit ihrem milden Licht den Blick zu den heraufziehenden Sternen nicht verhinderten. Und dann tauchte am Horizont der gerade zunehmende Mond auf, dicht gefolgt von einer strahlenden Venus, die sich an die Sichel schmiegte.

Die Tür zur Hütte war offen. Saira hatte eine CD aufgelegt mit spanischen und portugiesischen Songs. Guitarrenmusik, Gesang. Darunter auch der portugiesische Fado, der mit seinem Liebesthema eine romantische, besinnliche, ja auch melancholische Stimmung herbeizaubert. Davon hoben sich die temperamentvollen spanischen Guitarrenstücke ab, rissen einen heraus aus dem wehmütigen Versinken. Wir sprachen wieder dem Vinho Verde zu. Arnold hatte die Teller reichlich belegt. Mit Gambas, denen das Knoblauch sozusagen aus der Schale sprang, mit Tintenfischringen, Fischfilets, Kartoffeln, ungepellt geröstet. Dazu gab es eine scharfe Chilisauce. Und dann kam jener Moment, der mein Leben völlig veränderte.

13

War es Absicht, dass Saira eine CD mit Tanzmusik auflegte? Ich glaube ‚Ja'. Denn sie wusste, dass Celina jahrelang in einem Tanzclub in Albufeira an der portugiesischen Algarve war. Sie wusste auch, dass Celina die lateinamerikanischen Tänze liebte und ganz besonders den Tango, der dort nicht als Tango Argentino getanzt wurde, sondern in einer europäischen Form, die als weniger wild und anstößig empfunden wurde und trotzdem noch genug erotischen Pfeffer besaß. Arnold erzählte mir später, dass der damalige Papst diesen Tanz sogar verboten hatte, als er Anfang des 20. Jahrhunderts von Buenos Aires nach Europa kam. Im Tanzclub von Albufeira hatte man eine spielerische Variante entwickelt, die sich wieder den Ursprungsländern Argentinien und Uruguay angenähert hatte und als ‚Tango Português' bezeichnet wurde. Es ist ein erotisches Spiel von Annäherung und Distanz, von Ablehnung und leidenschaftlicher Hingabe, ein Spiel des Reizens und Verweigerns. Der Herr ist der König, die Dame die Königin. In stolzer, aufrechter Haltung tanzen sie Brust an Brust. Meine obligatorische Tanzstunde zu Schülerzeiten liegt viele, viele Jahre zurück. Selbstverständlich war der Tango auch dabei. Ich hatte aber nur noch eine ganz vage Erinnerung. An den Rhythmus erinnerte ich mich überhaupt nicht mehr. Heute weiß ich: Es ist der 2/4-Takt, bei dem jeder zweite Schlag stark betont ist.

Als der Tango ‚Quizàs, Quizàs, Quizàs‘, gesungen von Andrea Bocelli und Jennifer Lopez kam, erhob sich Celina, kam zu mir, nahm meine Hand, zog mich mit einem Lächeln hoch und sagte: „Komm, wir tanzen!"

„Hab' ich lange nicht mehr", wehrte ich mich verblüfft. „Ich hab' doch keine Ahnung, wie man Tango tanzt."

„Zeige ich dir. Ich übernehme die Führung. Wenn du dir die Schritte eingeprägt hast, bist du dran."

Man muss bei diesem Tango ‚Quizàs. Quizàs, Quizàs‘ wissen, dass es einer der schönsten ist. ‚Quizàs‘ heißt ‚vielleicht‘. Also ‚vielleicht, vielleicht, vielleicht‘. Ich werde unbeholfen bei der Beschreibung der Musik. Sie ist romantisch, hingebungsvoll, voller Hoffnung und Sehnsucht nach Berührung. Ich konnte nicht widerstehen, ließ mich von Celina auf die Mitte der Terrasse führen. Sie fasste meinen linken Arm, hob ihn hoch, legte ihre Hand in meine. „Deine rechte Hand bitte auf meinen Rücken, in die Mitte der Wirbelsäule. Meine rechte Hand lege ich auf deine Schulter. So, jetzt mit dem linken Fuß einen Schritt vor, dann mit dem rechten. Dreifacher Wiegeschritt. Zurück, seitwärts und schließen. Ist doch ganz einfach."

Ich hatte mich auf die Schritte konzentriert, ließ mich, als ich mir sie eingeprägt hatte, auch auf den Rhythmus ein, tanzte Brust an Brust mit Celina. Erst nach einiger Zeit bemerkte ich, dass Saira diesen Tango in einer Endlosschleife programmiert hatte. Und da auch bemerkte ich, dass sich Arnold und Saira zurückgezogen hatten. Wir waren alleine.

14

Nach dem fünften oder sechsten Tango wischte ich mir den Schweiß von der Stirn.

„Lass uns eine Pause machen", sagte ich.

Celina nickte, löste sich aus meinen Armen, ging in die Hütte, stellte den CD-Player ab.

„Das gibt sonst… Wie sagt ihr? Einen Dauereindruck? Man bekommt die Musik nicht mehr aus dem Kopf."

„Du meinst einen Ohrwurm?"

„Ja, richtig. Ich vergesse schon die ganz speziellen Wörter, spreche nur mit Arnold manchmal noch Deutsch."

„Es ist perfekt. Wenn ich so Spanisch oder Portugiesisch könnte, wäre ich glücklich. Ich habe noch viel Arbeit vor mir."

„Du willst es lernen?"

„Zumindest Spanisch. Das scheint mir etwas leichter. Ist auch sinnvoller, da ich in Spanien bleiben will."

„Ach ja? Und wo?"

„Hier in der Gegend. Am besten in Ayamonte am Atlantik."

Wir setzten uns. Celina füllte unsere Gläser mit Vinho Verde. Ich erzählte von meiner List, um nicht als Tourist zu gelten und nach Sevilla fliegen zu können.

„Hast du ein Foto von der Finca?" fragte sie interessiert.

„Ja, habe ich."

Ich ging in die Hütte, kam mit meinem Handy zurück, zeigte ihr das Foto.

„Schön", meinte sie. „Klein, gemütlich, romantisch. Wo genau ist das?"

„Am Rand von Ayamonte, bei La Redondela."

„Willst du es nicht wirklich kaufen? Es sieht gut aus."

„Geht nicht. So viel habe ich nicht. Ich kann mit meiner Pension gut leben, aber keine Finca kaufen, nur etwas mieten."

„Wo hast du das gefunden? Ich meine im Internet."

„Bei 'villaone.es', Immobilien Costa del Sol."

„Du willst es also nicht kaufen? Darf ich es mir ansehen?" fragte Celina. „Für mich ist das Weingut bei Alcoutim zu groß. Außerdem muss ich mich von manchen Erinnerungen befreien."

„Selbstverständlich", antwortete ich. „Ich habe wirklich nicht die Absicht, es zu kaufen."

Mit der Frage, von welchen Erinnerungen sie sich befreien wollte, hielt ich mich zunächst noch zurück. Ich kannte sie ja erst seit ein paar Stunden.

Eine frische Brise war aufgekommen. Ich hatte meinen Rucksack und eine Jacke in der Hütte. Ich stand auf, erklärte: „Ich geh nur eben meine Jacke holen."

„Dann bring doch bitte meine mit", sagte Celina und lächelte.

Als ich mit ihrer roten Lederjacke zurückkam, hängte sie sich die locker über die Schulter, griff in eine Tasche, kam mit einem in Cellophan gewickelten grünen Blöckchen heraus, griff noch einmal hinein und ein rundes Döschen mit einem Hanfblatt auf dem Deckel, so wie Arnold es auch hatte, kam zum Vorschein.

„Du hast etwas dagegen, wenn ich mir einen Joint drehe?"

„Ach was! Bitte!"

„Auch einen?"

„Ja. Habe ich allerdings noch nie probiert. Ich weiß nicht, was dann passiert."

Celina lachte. „Nicht viel. Aber die Welt wird leicht und lustig."

15

Celina löste das Cellophan, bröckelte etwas von dem grünen Zeug in das Döschen, drehte den Deckel hin und her. Als sie es öffnete, war das Marihuana pulverisiert. Sie gab das Pulver in die silberfarbene Rollmaschine, mischte es mit Tabak, drehte zwei Zigaretten, gab mir eine. Ich zündete mir die Zigarette an, bemerkte beim ersten Zug ein leichtes Kratzen im Hals und sonst noch nichts. Aber dann nach ein paar weiteren Zügen geschah etwas Seltsames, das alles andere als unangenehm war. Irgendwie schichtete sich die Welt um, verlor ihren Ernst und ihre Fragwürdigkeit, wurde federleicht und lustig. Ich fing an zu lachen, freute mich einfach über alles, was geschah.

Celina sah mich prüfend an, fragte:

„Und?"

„Schön!" antwortete ich. „Es ist alles wunderschön. Dieser Abend, der Tango, der Wein, die Sterne am Himmel, die Mondsichel, der Wind und du und du natürlich auch. Danke!"

„Freut mich, wenn es dir gefällt."

Als die Zigaretten geraucht waren, lächelten und kicherten wir vor uns hin, wobei ich jedoch bemerken muss, dass das Marihuana den Verstand keineswegs lahmlegt oder ausschaltet. Aber er verbindet sich mit einer anderen Dimension, erweitert die Wahrnehmung der Welt.

„Ich verstehe gar nicht", sagte ich, „warum das verboten ist. Der Staat, dieses kälteste der kalten Ungeheuer, will uns offensichtlich eindimensional halten. Dann sind wir leichter zu beherrschen. Diese verdammte angebliche Fürsorge! Bürgerschutz, Bürgersicherheit, Ordnungsamt. Die wollen einen wie die Straßenbahn nur auf einer vorgelegten Schiene fahren lassen. Die können mich mal! Ich wandere aus nach Spanien. Da ist es weniger schlimm."

„Ja", meinte Celina. „Ich habe in meiner Kölner Zeit die Deutschen meist als sehr reserviert, förmlich, vorsichtig und auch bürokratisch erlebt. Was den TÜV betrifft hat das natürlich Vorteile. Deswegen war der TÜV Rheinland sehr begehrt. Was Sicherheit und Technik betrifft, sind sie ein Vorbild. Sonst hätten sie nicht ein Netz in aller Welt. Nein, war eigentlich eine schöne Zeit. Urteile nicht so hart über dein Land. Das stimmt so nicht. Hier in Spanien und auch in Portugal gibt es andere Probleme. Aber egal. Was war eigentlich mit der Erotik? Worüber habt ihr letzte Nacht gesprochen?"

„Philosophisch, Celina. Über ein Stück des alten griechischen Platon. Was eigentlich ist der Eros? Der Eros ist ein Dämon, ein guter Dämon, ein Götterbote. Er vermittelt zwischen dem Menschen und den Göttern, schafft die Verbindung. Wenn man sich verliebt, springt man von der Schiene und schwebt hoch. Wenn ich mich noch recht an Arnolds Vorlesung erinnere, ist der Eros gezeugt in einer Nacht, in der ein schönes Mädchen namens Penia, Armut, mit einem Göttersohn schläft. Oder so ähnlich. Vielleicht war es auch eine Himmelstänzerin, die sich mit einem armen Zigeuner eingelassen hat. Die Rollen können ja auch anders verteilt sein."

Mir kam auf einmal in den Sinn über die Balance zwischen dem Dionysischen und Apollinischem zu reden, also über die Pole des ekstatisch Rauschhaften und der sonnenhellen Klarheit. Aber da bemerkte ich auf einmal, wie die Mondsichel sich bewegte, zu tanzen begann.

„Mir ist schwindelig", sagte ich. „Die Kombination Vinho Verde und Marihuana ist nicht ohne. Bevor ich weiter hier rumplapper und völlig absurde Dinge sage, gehe ich jetzt lieber schlafen."

Celina lächelte, sah mich amüsiert an, sah zu, wie ich etwas umständlich aufstand und mich mit ersten leicht schwankenden Schritten zu meiner Luftmatratze in die Hütte begab. Sie selbst würde bis zum nächsten Tag bleiben und nach einem vielleicht weiteren Joint in das Haupthaus gehen, wo sie ein eigenes Zimmer hatte. Ich schlief tief und traumlos ein.

16

Als Erster weckte mich am frühen Morgen Arnold. Die Espressomaschine gurgelte. Ich rappelte mich hoch, murmelte noch benommen vom Wein und dem Marihuana „Guten Morgen!"

„Wie war's?" fragte er.

„Was?"

„Na, der Abend mit Celina."

„Ach so. Wir haben Tango getanzt. Quizàs, quizàs, quizàs. Was heißt das eigentlich?"

„Vielleicht, vielleicht, vielleicht."

Nach einer ersten Tasse Espresso wurde ich etwas wacher, bat Arnold, diesen Tango noch einmal zu spielen und mir den

Text zu übersetzen. Er nahm die CD aus dem Player, sagte „Aha, das fünfte Stück', setzte die CD wieder ein, drückte Knöpfchen. Der Tango kam.

Als der Song zu Ende war, sagte er: „Na ja, eigentlich nur Wiederholungen. ‚Ich frage dich, wann denn endlich, und du sagst nur ‚vielleicht, vielleicht, vielleicht'. Das war's.'"

„Vielleicht, vielleicht, vielleicht", wiederholte ich. „Wäre aber schön."

„Sie gefällt dir?"

„Ja, sehr. Irgendwie hat sie ein besonderes Format. Sie ist tolerant, lustig, lebenslustig meine ich, warmherzig, spricht nicht nur Spanisch und Portugiesisch, sondern auch perfekt Deutsch."

„Und Englisch", ergänzte Arnold. „Muss sie ja als Pilotin. Haben wir denn sonst noch etwas, was dir gefällt?"

„Was willst du hören? Dass ich verliebt bin?"

„Bist du?"

„Weiß ich nicht. Mag aber sein. Auf jeden Fall finde ich ihre Gesellschaft als sehr angenehm, wohltuend. Mein Gott, Arnold, das ist doch noch alles viel zu früh. Außerdem hat sie da ein Wörtchen mitzureden. Sie behandelt den deutschen Gast einfach nur höflich."

„Höflich? Nicht nur. Celina, mit Verlaub gesagt, hat die Schnauze voll von spanischen oder portugiesischen Machos und Patriarchen. Du bist da etwas anders."

„So? Bin ich? Weiß ich nicht. Aber irgendwie tut sie mir gut. Ich will nichts verallgemeinern, aber ich habe den Eindruck, dass die deutschen Frauen im Vergleich mit dieser Portugiesin streng sind. Sie neigen zu Erziehung, Streit, Diskussion, Auseinandersetzung. Celina hat ganz andere Wesenszüge. Und schön und sehr weiblich ist sie auch noch."

Arnold lächelte, sagte: „Na ja, warten wir's ab!"

Mein Smartphone summte. SMS. „Koinzidenz!" sagte ich zu Arnold. „Das ist Celina."

Ich öffnete die Nachricht, las, sagte:

„Von wegen! Bin gerade vom Vorstand meines Tennisvereins informiert worden, dass der Kreis Ahrweiler, also wo ich wohne, eine Ausgangssperre verhängt hat. Die sogenannte Inzidenzzahl ist seit drei Tagen über hundert. Die Saison kannst du knicken. Keine Medenspiele, kein Doppel."

„Dann sei froh, dass du hier bist. In Ayamonte bereiten sie die Plätze für den Frühling vor."

„Was ist mit Celina? Sie spielt?"

„Hat sie früher. Frage sie! Wie ich sie kenne, freut sie sich. Die hat sowieso einen kleinen Tick wegen ihrer Figur, sucht Bewegung."

„Figur?" fragte ich erstaunt nach. „Sie ist doch im Prinzip schlank wie eine Tanne."

„Sie sieht das anders, wenn sie vor dem Spiegel steht. Frauen sind so."

„Sie lag beim Tango wunderbar im Arm, hat sich bewegt wie eine Elfe."

„Dann freu dich auf ein Mixed-Double in Ayamonte. Wie ich von ihr weiß, hat sie früher auch Turniere gespielt. Ist aber lange her."

„Danke für die Information! Was weißt du noch? Wie ist das mit den Machos und Patriarchen?"

„Rede selbst mit ihr darüber. Ich will hier nicht den Agenten spielen."

17

Gegen Zehn, als Celina endlich aufgestanden war, gab es ein gemeinsames Frühstück. Sie sah frisch und ausgeruht aus, als hätte sie am Abend zuvor statt Vinho Verde nur Tee getrunken. Saira hatte den CD-Player eingeschaltet, die CD nicht gewechselt, und so gab es neben einem ausgezeichneten Kaffee und selbstgebackenem Brot im Hintergrund Tango-Musik. Es kam auch das unvermeidbare fünfte Stück ‚Quizàs, quizàs, quizàs'. Bei der Stelle ‚cuándo, cómo y dónde', wann, wie und wo, lächelte Celina mir zu und fragte: „Warst du schon mal auf einem Weingut?"

„Nein, war ich noch nicht."

„Du kannst mich gerne besuchen kommen und es dir ansehen. Aber stelle dir bitte nichts Großes vor. Es sind nur 12 Hektar Rebfläche. Da kommt allerdings der beste Vinho Verde Portugals her, ein DOC."

„DOC?" Ich hatte keine Ahnung.

„Denominação de Origem Controlada, also aus kontrolliertem Anbau oder sagen wir besser ‚mit besonderem Prädikat'."

Die goldene Medaille auf dem Etikett war mir schon aufgefallen. Arnold hatte mir bei unserem ersten Abend dazu erklärt: „Der Vinho Verde ist ein besonders frischer Wein. Er wird aus den frühen, grünen Trauben gewonnen und noch während der Gärung abgefüllt."

„Gerne!" beantwortete ich die Einladung. „Wie komme ich dahin?"

„Arnold bringt dich zum Guadiana. Du kommst mit der Fähre. Ich hole dich am anderen Ufer ab. Wir telefonieren."

Saira und Arnold hatten zu der Einladung gelächelt, sagten aber nichts. Nur Arnold warf mir einen vielsagenden Blick zu, der wohl bedeuten mochte: „Siehst du, habe ich doch gesagt – ‚Warten wir's ab!'"

Gegen Mittag verabschiedete sich Celina. Arnold brachte sie zum Guadiana. Ich fuhr mit. Auf dem Weg dorthin führte die Straße durch hügeliges, mit Korkeichen bestandenes Hinterland. Schafherden weideten dort. Auf der höchsten Erhebung bei Sanlúcar sah ich jetzt zum ersten Mal das Castello San Marcos, dann ging es durch den Ort mit den weißen Häusern und roten Dächern zur Anlegestelle am Puerto Deportivo.

Beide Orte, Sanlúcar und Alcoutim liegen sich an den Ufern direkt gegenüber. Der Guadiana ist hier etwa so breit wie die Mosel bei Koblenz. Wir gingen auf den Anleger. Celina umarmte uns, dann stieg sie in das kleine Fährboot mit der Aufschrift ‚Fun River'. Eine Zeit lang standen wir noch auf dem Ponton. Als die Fähre ablegte und auf die Flussmitte zusteuerte, winkte ich Celina nach.

„Ich komme Morgen", hatte ich ihr beim Abschied zugeflüstert.

18

Gegen Mittag am nächsten Tag brachte mich Arnold zum Fähranleger.

„Bin mal gespannt, wann du wieder bei uns auftauchst", rief er mir zu, als ich in das Fährboot stieg.

„Weiß ich nicht", rief ich zurück. Auf der Seite von Alcoutim sah ich Celina schon am Anleger stehen.

Kaum hatte das Fährboot angelegt, sprang ich heraus. Wir umarmten uns. „Schön, dass du gekommen bist", sagte sie. Sie hatte wieder die rote Fliegerjacke an, trug dieses Mal aber nicht ein langes

Kleid, sondern blaue Jeans und unter der Jacke eine weiße Seidenbluse. An den Füßen steckten moosgrüne Sportschuhe.

„A Portuguesa", sagte ich. „Die portugiesische Flagge."

Sie sah mich verwundert an. „Was meinst du?"

„Die Farben, die du trägst."

„Ach so! Nicht ganz. Gelb fehlt noch. Ist reiner Zufall. Ich habe gar nicht an unsere Farben gedacht."

Das stimmte. Die Hauptfarben der Nationalflagge sind Rot und Grün in zwei senkrechten Bahnen. Grün steht für die Hoffnung, Rot für die Revolution. In der Trennlinie der Farben ist ein weißer Schild mit fünf kleinen blauen Schildchen innen, die angeordnet sind wie die fünf Punkte bei einem Würfel. Umrahmt ist der weiße Schild mit einem größeren roten, der sieben goldfarbene Kastelle zeigt. Umrahmt ist das Wappen von einem runden gelben Band, das die Meridiane darstellt und an die Zeit der portugiesischen Seefahrt erinnert. Als ich zu Celina ‚A Portuguesa' sagte, hatte ich nur die Farben Rot und Grün in der Erinnerung. Erst später habe ich Arnold nach den Details der Flagge und des

Wappens gefragt. Der wusste das wie so Vieles.

Celinas Wagen stand nur ein paar Meter vom Anleger entfernt. Sie fuhr einen roten Minicouper, ein Cabrio. Das Verdeck war geöffnet. In langsamer Fahrt ging es zunächst durch Alcoutim, das mit seinen weißen Häusern ähnlich wirkte wie Sanlúcar auf der anderen Seite. Von einer Grenze zwischen Spanien und Portugal war nichts zu spüren. Beide Orte stehen in einem regen Austausch, feiern sogar gemeinsam. Dann wird sogar, wie mir Celina erzählte, ein Ponton zwischen den Ufern gelegt, auf dem die Menschen beliebig hin und her wandern können.

Als wir den Ort verlassen hatten und auf die nordwestliche Landstraße kamen, gab Celina Gas und hatte Spaß an der Geschwindigkeit und an den Serpentinen, die durch ein hügeliges Hinterland führten. Mir wehte und pfiff der Wind um die Ohren. Aber schon bald, nach sechs oder sieben Kilometern hatten wir Saõ Martinho erreicht und nach einem weiteren Kilometer das Weingut.

19

Durch ein Tor kamen wir auf einen weiten gepflasterten Hof, der auf drei Seiten von Gebäuden flankiert wurde. Links war eine zweistöckige sienafarbene Villa mit romanischen Arkaden, dahinter ein langgestrecktes Wohnhaus und rechts eine Halle mit großen Bogenfenstern. Celina erklärte kurz:

„Links in dem Haus", sie sagte ‚Haus', „wohne ich. In dem Gebäude dahinter der Gutsverwalter mit seiner Familie, rechts siehst du die Lagerhalle für Versand und Verkauf. Darunter ist der Keller, das Fasslager. Zeige ich dir später alles."

Sie stellte den Wagen unter einer Arkade ab. „Komm, ich zeige dir jetzt erst einmal das Haus. Dann gibt es einen Kaffee oder was immer du an einem frühen Nachmittag möchtest."

Als sie mich durch die Villa führte, musste ich an ein kleines Schloss denken. Da gab es zwei gemütliche Kaminzimmer, einen Grillraum, zwei weitläufige, hochmoderne Küchen mit einer Kochinsel, zwei Bäder unten, zwei Bäder oben und jede Menge Zimmertüren. Eine im oberen Stock öffnete sie.

„Das kannst du als Gästezimmer beziehen. Es hat einen Balkon. Von da aus siehst du in den Garten und in die Weinberge."

Ich ging hinaus auf den Balkon, blickte in einen Garten mit Palmen, Hibiskussträuchern und allerlei exotischen Gewächsen, deren Namen ich nicht kannte. Besonders gefiel mir die Terrasse mit einem Schwimmbecken, das mir zunächst erstaunlich klein vorkam, bis Celina sagte: „Das ist ein Whirlpool. Da kann man an heißen Tagen sitzen und Sekt trinken. Zum Beispiel."

Zu beziehen hatte ich in dem Gästezimmer nicht viel. Ich stellte nur meinen kleinen Rucksack auf einen Stuhl. Dann gingen wir nach unten in eine der Küchen, wo Celina Espresso bereitete. Dazu gab es einen Bagaço, einen Traubentrester.

„Du kannst hier ruhig rauchen", sagte sie. „Mache ich ja auch. Ich finde das albern, wenn man im eigenen Haus auf den Balkon oder in den Garten geht."

„Was für eine lebenslustige Frau!" dachte ich. „Trinkt Vinho Verde und Bagaço, raucht Marihuana, fliegt, tanzt Tango, jagt wie Alonso durch die

Serpentinen und kann auch noch Tennis spielen. Dass sie perfekt Deutsch spricht, ist eine wunderbare Zugabe. Und die Krönung ist ihre ansprechende, wohltuende Femininität."

Da sie mir bei unserer ersten Begegnung, das war nach dem Tango, erklärt hatte, materielle Dinge seien ihr völlig egal, zeigte ich mich auch nicht beeindruckt oder eingeschüchtert durch ihr Anwesen. Während wir einen zweiten Espresso tranken, begann sie aus ihrem Leben zu erzählen.

20

„Weißt du", begann sie, „der ganze Reichtum hier bedeutet mir nicht viel. Er stammt ja auch nicht von mir, sondern von meinem Mann. Paco war Spanier, kam aus Ayamonte, hat das Weingut, das damals ziemlich runtergekommen war, gekauft, wieder auf die Spur gebracht, ausgebaut. In Alcoutim und Saõ Martinho wurde er ,Rei Sol' genannt, der Sonnenkönig. So herrschte er auch. Ein waschechter Patriarch. Ich komme aus Alcoutim. Als ich mit zweiunddreißig aus Deutschland zurückkehrte, mein Job beim TÜV war beendet, habe ich mich bei ihm beworben und wurde Managerin für Werbung und Verkauf des Vinho Verde. Wir haben geheiratet. Er war zwanzig Jahre älter als ich. Über ein Leben im Luxus kann ich mich nicht beklagen. Aber ich rebellierte gegen die Vorschriften. Er wollte das Sagen haben. Einige Male bin ich abgehauen, habe monatelang Urlaub gemacht. Venezuela, Kuba, Türkei, Bali, Nepal. Saira war da schon auf der Welt. Aber wir hatten eine Kinderfrau. Kam ich zurück, ging alles wieder von vorne los. Keine Scheidung. Paco wollte gewinnen. Oder, wie sagt man, ja, mich zähmen, domestizieren. Als er 72 war, schlug die Krankheit zu. Diabetes. Man musste ihm beide Beine abnehmen. Er saß im Rollstuhl. Ich habe ihn drei Jahre gepflegt. Wenn er mich brauchte, hat er mit einer Trillerpfeife Krach gemacht. Liebe, Mitleid bei mir? Ich weiß es nicht. Eines Morgens lag er in der Küche auf dem Boden. Der Rollstuhl stand neben dem Bett im Schlafzimmer. Auf den Ellenbogen muss er in die Küche gerobbt sein. Als ich ihn fand, lebte er noch, sagte nichts mehr, stöhnte nur. Es war schrecklich. Der

Notarzt kam. Auf dem Weg ins Krankenhaus ist Paco gestorben. Ich habe ihm noch den letzten Wunsch erfüllt, seine Asche, was illegal war, in den Guadiana gestreut. Die Bilanz, warum ich dir das erzähle, die Bilanz ist, dass Reichtum und Besitz völlig egal sind. Alles ist vergänglich. Man kann nichts mitnehmen. Die Gegenwart zählt. Ich hänge nicht an dem Weingut. Im Gegenteil. Hier tauchen immer nur Erinnerungen auf."

„Kann ich verstehen", sagte ich. „Mir ging es zunächst als Kind und im Jugendalter ähnlich. Der Vater war ein hohes Tier bei der Bundeswehr. General. Und das war er auch zu Hause. Wo ich konnte, habe ich dagegen rebelliert. Obgleich, im Nachhinein, kann ich ihm keine Vorwürfe machen. Er hat stets für mich gesorgt. Sport gefördert, Schule, Bildung, Universität. Da war ihm kein Geld zu schade. Heute kann ich sagen, ich habe mich mit ihm ausgesöhnt, habe überhaupt keinen Groll. Er gehörte zu jener geschlagenen Generation, die den Krieg verloren hatte. Und als dann der Kanzler Adenauer die Bundeswehr eingeführt hatte, war er plötzlich wieder ganz oben, kletterte die Beförderungsleiter hoch, wurde nicht nur General, sondern auch Professor an einer militärischen Hochschule."

„Und deine Mutter?" fragte Celina.

„Stand im Schatten des Patriarchen. So jedenfalls mein Eindruck. Einmal, zum Beispiel, war es ihr zu langweilig, nur Hausfrau zu sein. Sie wollte arbeiten, eigenes Geld verdienen. Er hat es ihr verboten. Ich weiß es noch genau. Sie haben sich mächtig gefetzt beim Abendessen. Mutter wollte die Koffer packen, abhauen. Aber wohin, mit welchem Geld? Sie ist geblieben. Na ja, ich will hier jetzt nicht die Kindheitserlebnisse ausbreiten, aber ein gewisser Schaden ist geblieben."

„Welcher?"

„Ich bin wahrscheinlich beziehungsunfähig geworden. Sobald mir eine Frau Vorschriften macht, ergreife ich die Flucht. Ist schon öfter vorgekommen. Ich bekomme Panik und haue ab."

Celina lachte. „Mein Gott, wir sind doch alt genug, um so einen Quatsch zu lassen."

„Schön! Ich habe auch keine Lust mehr, über so etwas zu reden. Ich habe ein ganz anderes Problem."

„So? Welches?"

„Ich möchte mit dir schlafen. Aber du bestimmst, wann."

Sie lachte. „Da kannst du lange warten!"

Ich stand auf, nahm ihre Hand und sagte: „Dann komm!"

21

Sechs Wochen blieb ich bei Celina. Dann überraschte sie mich. Sie sagte: „Ich habe die Finca in Ayamonte gekauft. Da will ich mit dir zusammen leben. Bist du einverstanden?"

„Bin ich. Ich muss also auswandern, den Wohnsitz verlegen. Nach Spanien gerne. Und mit dir sowieso. Aber ich muss noch einmal nach Deutschland zurück, meine Wohnung auflösen."

„Wir werden fliegen. Mit der Cessna 400. Da brauchen wir auch den ganzen Quatsch mit dem QR-Code nicht. Jedenfalls nicht beim Check-In. Unterwegs sind wir im Transit-Zustand."

„Welche Strecke?"

„Muss ich ausarbeiten. Man kann nicht einfach so losfliegen. Der Himmel hat Straßen. Alle dreißig Minuten muss ich mich bei einem Tower melden. Ich denke, wir wählen die Route das Mittelmeer entlang. Barcelona, dann mitten durch Frankreich, Lyon. Und dann können wir genau bei dir landen. Da gibt es nämlich einen kleinen Flughafen, wie ich schon herausgefunden habe. Mönchsheide heißt der. Ob sie uns dann in Quarantäne stecken, weiß ich nicht. Aber wir kommen von Portugal. Das ist kein Risikogebiet mehr."

Ich war froh, diese Frau gefunden zu haben. Es ist eine lächelnde Harmonie. Celina ist klug, eigenständig, liebevoll. Sie ist warmherzig. Ich ergebe mich einer wunderbaren Weiblichkeit. Dass ich Deutschland aufgebe, diesen schönen Mittelrhein, tut etwas weh. Es ist ja auch Heimat gewesen. Aber das ist es nicht mehr. Ich freue mich auf Ayamonte und das Leben in Spanien. Und vor allem auf das Leben mit Celina. Was mein Verhältnis mit ihr betrifft, finde ich nichts anderes als die simple Formel: Einfach nur lieben!

Veröffentlichung von Romanen und Erzählungen. Publikationen zum Jakobsweg und auch anderen Pilgerwegen u.a. ‚Via Hildegardis'. 1996 Förderpreis zum Literaturpreis Ruhrgebiet. 2000 erschien im Leipziger Militzke-Verlag mit ‚Pandoras Schatten' der erste Roman.

Website: www.ruediger-schneider.net

,Samba Brasiliana – Bekenntnis eines wilden Herzens II', 64 S., ISBN 9783752611595

Josef Schrödinger ist verzweifelt. Bei dem Versuch eine ménage à trois zu installieren, hat er beide Frauen verloren. Doch bevor er sich dem Portwein hingibt, erscheint der rettende Engel buchstäblich aus den Wolken. Mit ihrer Cessna 400 kommt seine brasilianische Freundin von Porto Alegre und landet beim Aeroclub Mönchengladbach.